내가
안 했어요

내가
안 했어요 2

민형 글 · 김준석 그림

FILE.12

이때, 피고인은 입대 전
200만 원 상당의 돈을 빌려준 적 있던
피해자 박성진에게

채무 이행을 요구하였으나,
피해자가 이를 무시.

이에 앙심을
품은 피고인은

직접 피해자의 집으로 찾아가
박성진을 살해하기에 이릅니다.

또한 뒤쪽 허리께에서
전류흔이 발견됐고,

몸싸움이 벌어졌을 때
생기는 방어흔은 없었습니다.

정리해보자면

범인은 피해자의 뒤에서
전기 충격기로 급습하여
기절시킨 뒤,

파
지
지
직

무방비 상태인 피해자 위에
올라타 난도질하였고,

그 과정에서 피해자는
즉사한 것으로 추정됩니다.

13

이 코트는 사건 현장에서
피고인이 입고 있었으며,

흉기를 비롯한 모든 증거에서
피고인 심형석의 지문이
나왔습니다!!

이상입니다.

증인.

소속과 이름을 말해주세요.

서울 동부경찰서 형사과
강력반 반장 김구영입니다.

증 인 석

삐요오 위요 위요

살인 사건
임마!!

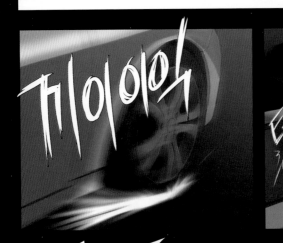

끼이이익

어디죠!!
어디!? 저기?

텅

저쪽!!
저쪽인 것 같다!!

신고자 되십니까?!

탁 탁

탁

아이구!!
형사님!! 형사님!!

21

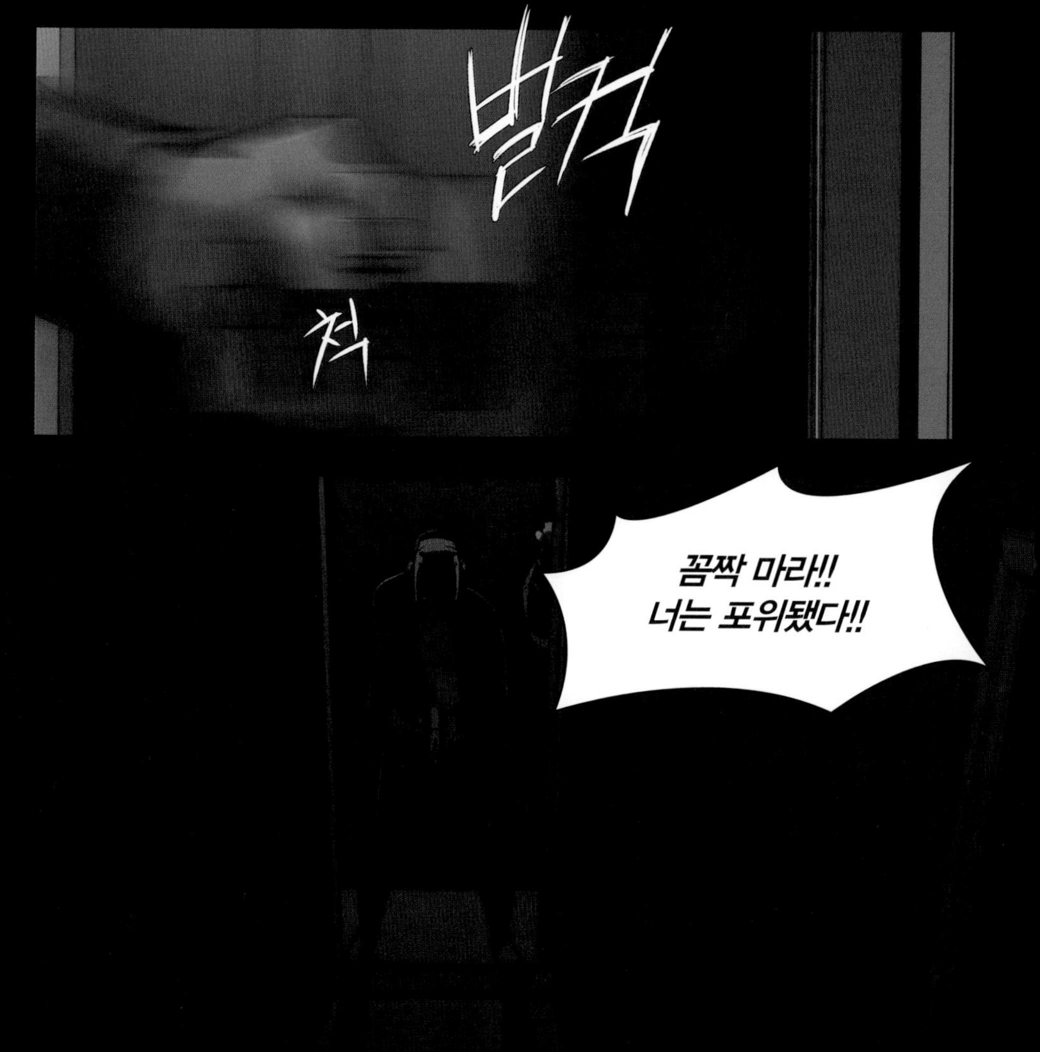
벌컥
척
꼼짝 마라!! 너는 포위됐다!!

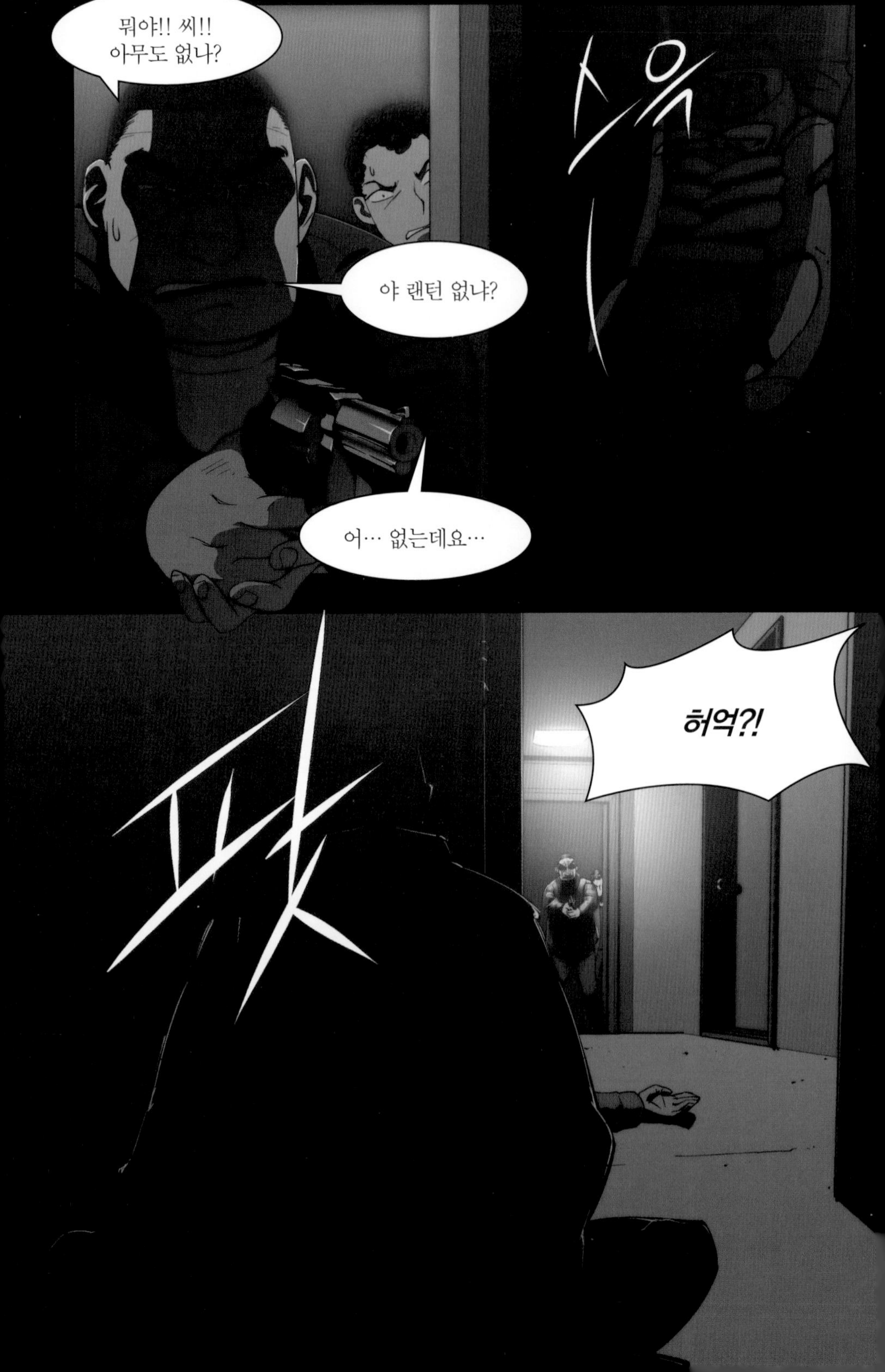
뭐야!! 씨!!
아무도 없나?
야 랜턴 없나?
어… 없는데요…
스윽
팟
허억?!

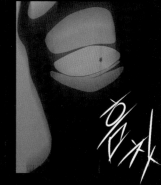

저… 그게…
딱히 정확한 증거가 있고
그런 게 아니라서…

괜찮습니다.
왜 그런 생각이 들었는지
그냥 편하게
말해주시면 됩니다.

이유는
단순합니다…

힐끔

살인 현장에서
저와 눈을 마주친
피고인이

웃고 있었기
때문입니다.

뭐… 뭐?!

에에?!

그날 일은 아직도
생생하게 기억하고
있습니다.

틀림없습니다.

피고인은 피투성이가 된
살인 현장 한복판에서

_날이 잘 서 있는 식칼

**피해자 설강민의 피가 묻어 있으며
손잡이에 피고인 심형석의 지문이 남아 있다.**

FILE.13

변호인,
반대신문하세요.

...

증인이 현장에 도착했을 때…
다른 사람 흔적이라든가,
뭐… 그런 건 없었나요?

ㄷㄷㄷㄷ

뚜벅

뚜벅

네, 현장엔
사체와 피고인밖에
없었습니다.

순찰 돌던 곳에서
한… 6~7분 정도…?

그쯤 걸려 아파트에
도착했던 것 같고…

차에서 내려 올라가는 데
5분 정도 더 걸렸던 것 같습니다.

허어…?
한마디로 도착까지
12분이나 걸렸다는
말이네요?

뚜벅 뚜벅

이렇게 늑장 부리니
현장에 아무 흔적이
없었던 것 아닙니까?

…

뭔 말인진 알겠는데…
사실상 범인이 그 안에
도망가긴 힘듭니다.

최초 목격자는 경찰에 신고하고
나서 경비원에게 도움을 요청했고,

또한 같이 있던 최 형사와
경로를 달리해서
퇴로를 차단했기 때문에

반장님
저도 엘리베이터…

빨리 안 올라가 임마?!
나보다 늦음 죽는다!

아파트 입구에서 수상한 사람이
빠져나가는지 지키고 있었습니다.

또 다른 범인이 그사이 현장에서
도망갔다고 보긴 힘듭니다.

그러니까,
패닉 상태인 최초 목격자와
늙은 경비원이

진범의 퇴로를
철통같이 감시하고 있었다는
말씀을 하시는 거죠?

뚜허

뭐… 뭐라고?!

… 좋습니다. 기분 전환 겸
질문도 살짝 바꾸죠?

이건 어떻습니까?
증인이 만약 범인이었다면,

현장에서 목격자에게 발각된 후,
어떤 행동을 취했을까요?

도망…갔겠죠?

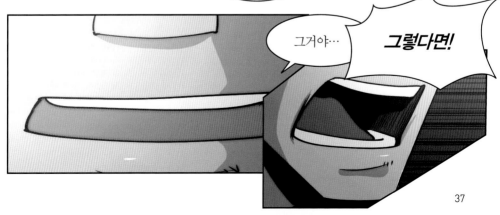

검사석

변호인은 지금 피고인이
'무죄라서 도망가지 않았다.'
'무죄니까 그 자리에 남아 있었다.'

이렇게 주장하시는 건가요?

…

… 역시 검사님은
말이 통하네요.

그렇습니다!
애초에 방향부터가
틀려먹었습니다!!

피고인은 억울한 누명을
쓰고 사건에 휘말렸는데!!

이런 내용은
한마디 언급하지 않으면서!

1, 2, 3, 4 오름차순 정렬하듯 짜 맞춘 이야기로
피고인을 범인으로만 몰고 가고 있잖습니까?!

…

피고인 신문을
요청합니다.

… 그래서 변호인이
말하고자 하는
요지가 뭡니까?

사건의 이면에
드러나지 않은 진실을
명확히 하기 위해

꼭 필요하다고
생각됩니다.

검사,
어떻게 생각합니까?

이의 없습니다.

하! 뭐, 그럼 좋습니다.

40

합시다, 그거!

법원

피고인 준비하세요.

선배 어쩌시려구 그러세요?

지금은 저 형사 증언부터 반박해나가야 되지 않아요?

반박하고 말 게 어딨어? 증거물은 온통 형석이 지문인 데다가 시체 앞에서 웃고 있었다는데

저거 괜히 들쑤셨다가는 무조건 피 보게 될 거야.

이런 말 하긴 뭐한데…
우리가 진짜 절망적인 게,

준비한 증인, 증거가
하나도 없다는 거야…

그래서 저런 거
일일이 대응하다간
끌려만 다니다가
재판 끝날지도 몰라.

어쩔 수 없어…

지금은 쓸데없는
이의 제기 피하면서

정보 모으는 게
최선이야.

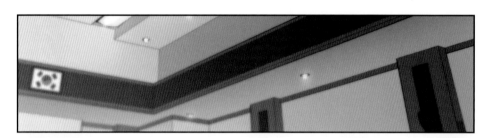

그러니까,

신제품
임상 테스트라는
이야기를 듣고

아르바이트를
하러 갔다?

뚜벅 뚜벅

뚜벅　　　뚜벅

그럼 두 번째 피해자와는
어떻게 알게 된 거죠?
아는 사이였나요?

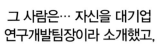
그 사람은… 자신을 대기업
연구개발팀장이라 소개했고,

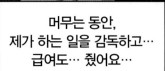
머무는 동안,
제가 하는 일을 감독하고…
급여도… 줬어요…

급여는 전액 현금으로 매일
보고서 검토가 끝날 때 줬는데

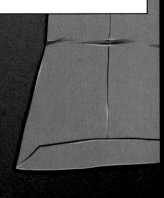

그 사람… 언뜻 봐도 꽤 많은
현금을 가지고 있었어요…

어허. 꽤 많은 돈을 가지고
있었다구요?

그건 분명히 이상한데요?

프덕

재판장님. 이건 피해자 설강민의 신원 조회 내역인데요.

설강민은 살인 사건이 있기 2주 전에 출소한 악랄한 사기꾼입니다.

출소 직후 어마어마한 양의 돈을 가지고 있다?

범죄를 저지르지 않고선 불가능한 일이죠.

이들은 이 큰돈을 두고 이권 다툼을 했을 공산이 큽니다.

그 과정에서 박성진과 설강민이 죽었고,

피고인은 이들의 사건을 덮기 위해 끌려온 희생양이었던 거죠.

피고인에게 묻겠습니다.
사건 당일 왜 현장에
남아 있었던 거죠?

그땐… 정신을 잃고 있어서…
그런 일이 일어난지
모르고 있었어요…

그러고 나서 깨어났을 땐
머리가 깨질 듯이 아팠고

경찰들이 제 머리에
총을 겨누고 있었어요…

정신을 잃었다?
어째서?

그… 그건…
정확히는 잘…

아… 아마도
현장에 숨어 있던
다른 누군가로부터

불의의 습격을 받고
정신을 잃었던 것
같습니다!

아마도오?
숨어 있던 다른 누군가아?

변호인은 법정에
소설 쓰러 왔어요?

기본이 안 돼 있어, 기본이!

검찰 측!
반대신문.

하겠습니다.

피고인이 했다는
신제품 임상 테스트란 건
대체 어떤 겁니까?

뚜벅

뚜벅

뚜벅

뚜벅

출시 예정인
건강 조미료를… 먹고…
보고서를 쓰는…

특이하네요?
그래서 매 끼니 '직접' 건강 조미료를 넣고
만든 음식을 먹은 겁니까?

… 네.

사건 당일도
포함해서요.

… 네… 네.

이게 피고인이
말하는 조미료 맞죠?

…!!

사건 현장에서
발견된 조미료 비스무레한 건
이것밖에 없는데

이게 조미료…?

하긴… 그럴수도
있겠네요…

무… 무슨 뜻이죠…?

안 먹어봐서
잘은 모르겠는데…
이걸 조미료로 쓰면

강 변호사님도
반할 만한 음식이 될 것
같다는 말입니다.

왜냐하면
이 건강 조미료의
진짜 이름은

_개량된 마리화나 분말
대마 잎을 말려 만든 마약.
소량 복용 시 안정감과 행복감을 더해주지만
대량 복용 시 환각 증세와 기억상실을 유발함.

FILE.14

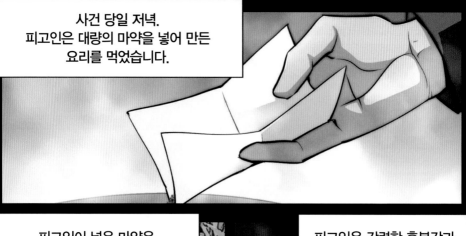

사건 당일 저녁.
피고인은 대량의 마약을 넣어 만든
요리를 먹었습니다.

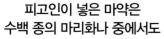

피고인이 넣은 마약은
수백 종의 마리화나 중에서도

특히 쾌감과 환각을
강하게 느끼도록
개량된 종으로

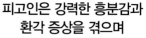

피고인은 강력한 흥분감과
환각 증상을 겪으며

피해자 설강민을
살해하기에 이릅니다.

이어 마리화나가 주는 만족감,
안정감에 의해 도망칠 의지를
상실하게 되었고,

최초 목격자에게
목격된 후에도 현장에 계속 남아 있다가
현행범으로 체포된 겁니다.

크흠… 변호인 측!
이의 없습니까?

선배…!!
어떻게 하…?

씨…바… 마약…?
마약이라고?

뭡니까?

이… 이의 있습니다!

그게… 그…
그러니까…

다른 사람이… 어… 억지로
마약을 먹여서 그랬을…

못 들으셨습니까?
조금 전 피고인이 '직접' 넣어
요리를 했다고 증언했었죠?

그 부분에 대해서는 조금 부연 설명을 붙여드리겠습니다.

변호인이 내세운 근거 없는 추측들 중 일부는 맞습니다.

출소 직후 설강민은 마약 밀매를 통해 부당 이익을 챙긴 것으로 보입니다.

설강민은 살해당하기 며칠 전 박성진과 마약 거래를 하려 했었는데요.

이를 위해 사건 현장에 찾아갔을 때는 이미…

박성진이 싸늘한 주검이 된 이후였습니다.

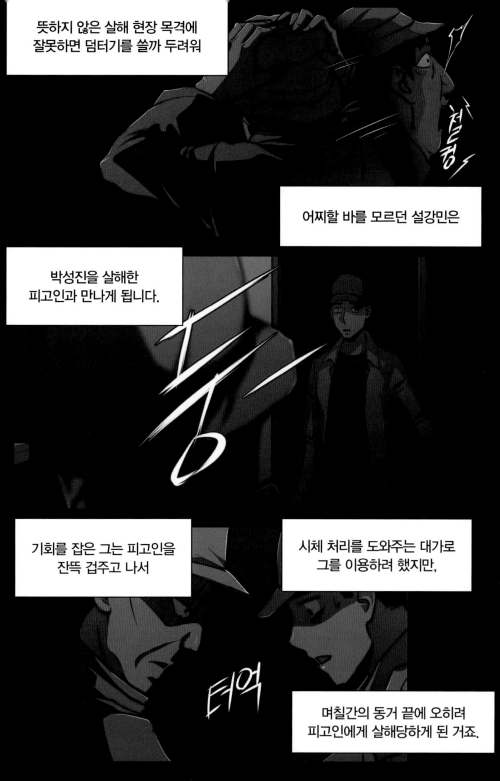

뜻하지 않은 살해 현장 목격에
잘못하면 덤터기를 쓸까 두려워

어찌할 바를 모르던 설강민은

박성진을 살해한
피고인과 만나게 됩니다.

기회를 잡은 그는 피고인을
잔뜩 겁주고 나서

시체 처리를 도와주는 대가로
그를 이용하려 했지만,

며칠간의 동거 끝에 오히려
피고인에게 살해당하게 된 거죠.

때문에 유인이라고 하기엔 뭣하지만,

이의 있습니다!

결과적으로는 피고인이 설강민을 끌어들여 죽인 셈이죠.

박성진이 설강민과 마약 거래를 하려 했다는 것은 무슨 근거로 하는 말씀이시죠?

박성진은 미국 유학 생활을 했었는데… 무혐의로 끝나긴 했지만

기록상으로는 마약 파티에 참석한 내역이 있었고,

친한 친구 중 일부가 국내에서 마약법을 위반한 사례도 있더군요.

이 정도면 충분한 이유라고 생각됩니다만?

하… 하지만…!!

그만! 됐습니다!

틱

검찰 측이 입증한 내용은 그런 점들을
충분히 설명했다고 봅니다.

특별한 사항도 없이
꼬투리를 잡는
발언은 삼가세요.

변호인 측에서
더 이상 제대로 된
이의 제기가 없다면

이의 있습니다!

피고인석

마약을 먹어서 피고인이
현장에 남아 있었다… 좋습니다.

하지만
사망 추정 시각과 최초 발견까지
약 2시간가량의 공백은.

제3자가 있었을 경우
살인을 저지르고
도망가기에 충분한 시간이며,

검찰 측은 아직
이 가능성에 대해

충분한 입증을
해내지 못했습니다!

하,
제3자…?

자꾸 제3자가 있었다고
주장하시는데…

미안하지만
최초 목격자가 현장에
들어가기 전까지

사건 현장의 문은
잠겨 있었습니다.

한 마디로
현장은 '밀실'!

기존에 있던 사람들 외엔
들어갈 수도 도망갈 수도 없다는
얘기가 됩니다.

미… 밀실…?

특히나 집 열쇠는
최초 목격자와 박성진이
각각 1개씩 가진 게 전부.

이 중 박성진의 열쇠는
피고인이 입고 있었던
피투성이 코트 주머니 속에서
발견되었죠.

근처 열쇠점을 전부 조사한 결과
여분의 열쇠를 만든 일 역시
없는 것으로 판명됐으며,

무엇보다도
제3자가 있을 수
없다는 것은

최초 목격자가
뭘 봤는지

그걸 듣는 게
빠를 겁니다.

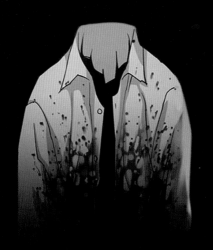

_피투성이 코트

유명 브랜드 사의 고급 코트로 가운데 단추 하나가 없다.
아래로 내려갈수록 혈흔이 짙어지며
현장 발견 당시 피고인 심형석이 입고 있었다.

증인,

이름과 피해자와의
관계를 말씀해주세요.

최경아…
피해자 박성진의
엄마입니다.

사건 현장에 처음 들어가
경찰에 신고를 한 게
본인 맞습니까?

네… 맞습니다.

힘드시겠시만
그때 목격한 게 무엇인지,
증언 부탁드립니다.

…

저는 일 때문에
지방에 내려가서 살았고,

성진이는 학교 때문에
서울 집에서 살았습니다.

매달, 한 번 정도는 성진이를 보러
서울 집에 올라오곤 했었는데

그날도… 그런 날 중
하나였어요.

슬슬슬

달칵

팅

또각

어휴, 이제야
겨우 도착했네.

택시를 잘 잡았으니
망정이지~ 안 그랬으면
증말~

또각

또각

또각

이 아파트도
설설 낡아가네.

또각

또각

또각

또각

또각

어이구! 어이구!
경비는 잠이나
처자고 있고,

철컥

철컥

응? 잠겼네,
이 녀석이 벌써 자나…?

이 시간에
잘 녀석이 아닌데…

가만있어봐,
키를 내가…

뒤적

뒤적

응차! 응차!
여긴가? 여기다 됐나?
분명히…

요기 있었네!
찾았다 요녀석!

전자 도어락
달아야지 달아야지~
하면서도 여태 안 바꾸고.

차각

찰탕

드드득

절걱

귀찮아 정말~
이번에야말로…

성진아~
엄마 왔다~

끼이익~

자니?

애가 애가
또 어디 나갔구먼?

달컹

아주 들어오기만 해봐.
엄마 온다고 진작부터
연락해놨더니 답장도 없고

이렇게 펑펑
놀고 있어?

툭

또각

팟

이 시간에
또 어딜 싸돌아다니고
있는 거야?!

그렇게 잔소리를 해도 원~
혼자 살고 있으니
완전히…

하아

하아

스윽

하아

하아

… 응?
성진아 집에 있었…

74

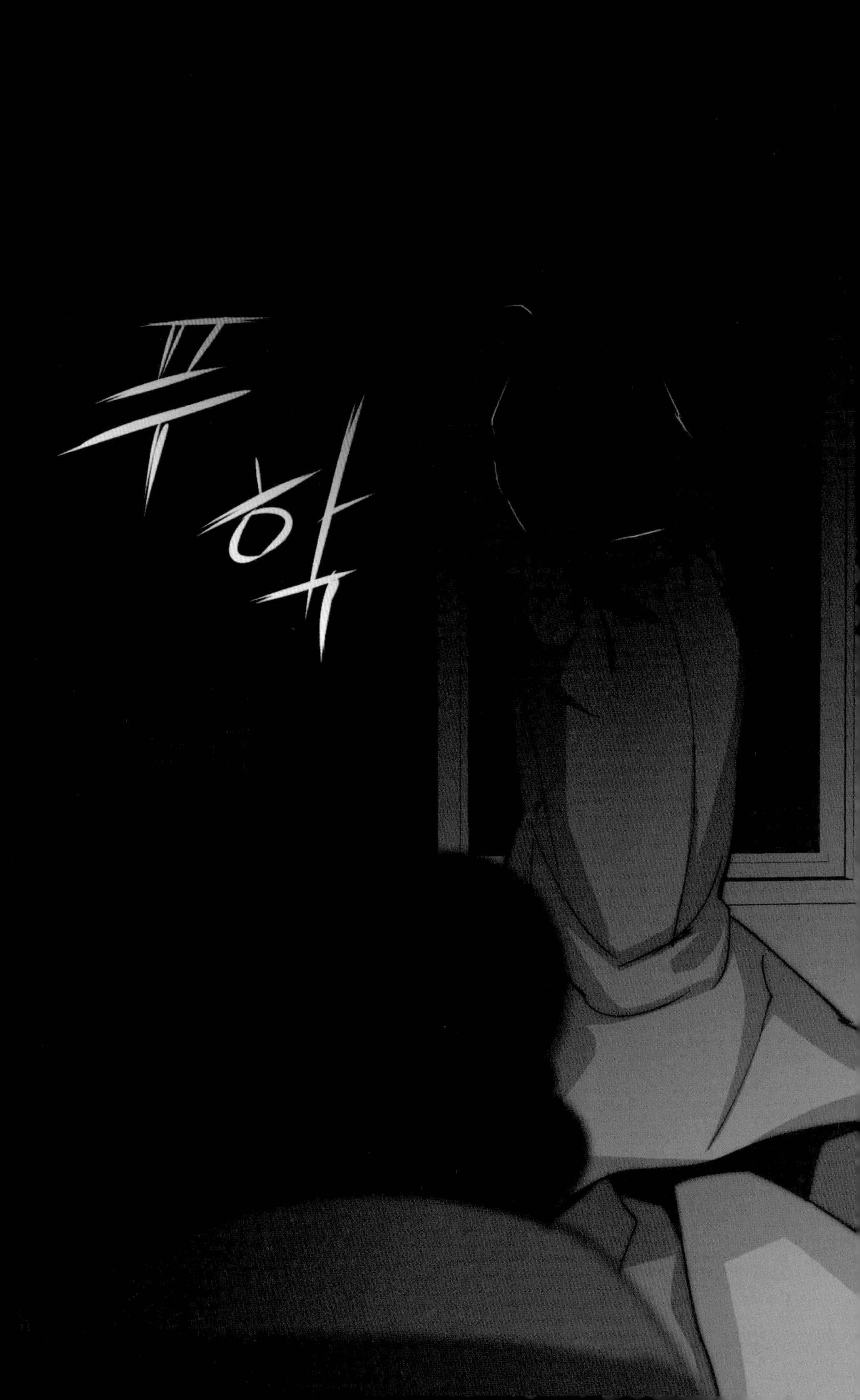
푸확

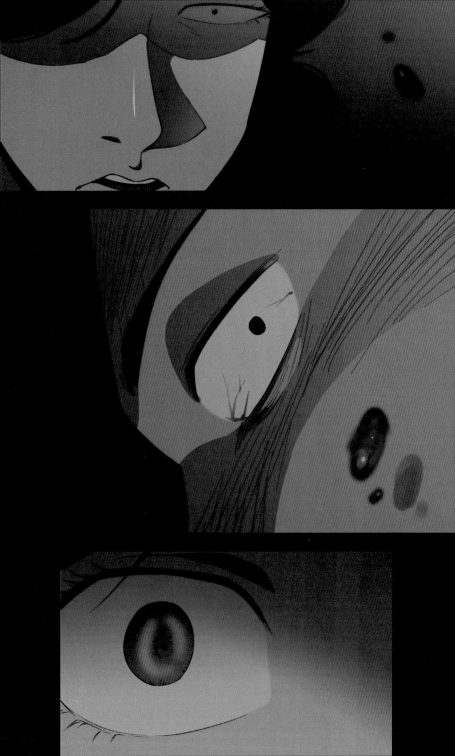

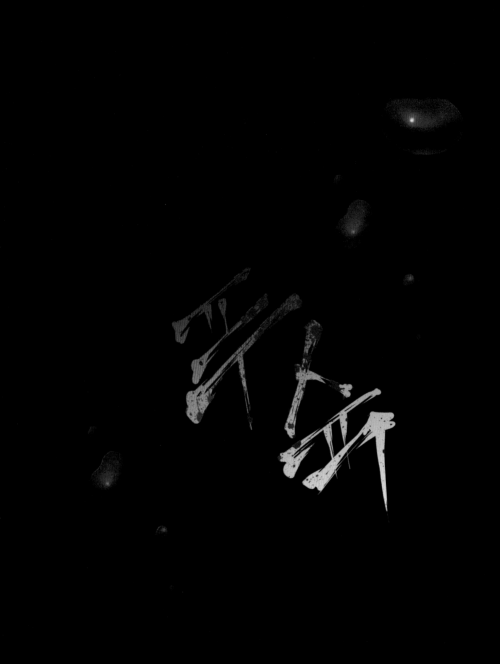

_최경아(48, 모텔 경영)

피해자 박성진의 어머니이자 살해 현장의 최초 목격자.
지방에서 남편과 중형 모텔을 운영하며 한 달에 한 번 정도
박성진이 있는 서울 집에 올라온다.
집 열쇠는 박성진과 최경아가 각각 1개씩 가지고 있었음.

FILE.15

내가 본 게…

확실하냐고요…?

확실하냐고…?!

?!

똑똑히 기억하고
있다고요!!

내 아들을 죽인!!

저 짐승 새끼가!!

사람을 죽이고
있었다고!!

문제가 있는지 없는지는
보고 판단해야죠.

검찰 측에서 가지고 있는
엘리베이터 CCTV를
증거로 요청합니다.

뚜벅

또박

뭐, 좋습니다.
원하시는 대로.

그러네요…?

엘리베이터가
아무리 늦어도
3분 정도?

그러면 10분 이상
안 걸리지 않나요?

맞아, 상식적으로
20분은 길어도 너무 길잖아.

만약 진짜로 말하지 않은
부분이 있다면

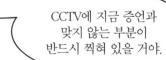

CCTV에 지금 증언과
맞지 않는 부분이
반드시 찍혀 있을 거야.

지금으로썬
여기에 기대를 걸어보는 수밖에.

2014-02-21 23:23

2014-02-21 23:23

지잉

증인이 처음 아파트에
도착했을 때부터 CCTV를
재생하겠습니다.

2014-02-21 23:23

지잉

2014-02-21 23:24

징
징

핸드폰을 보는 증인의 모습…
특별한 건 없네요.

2014-02-21 23:24

징

2014-02-21 23:26

파라라라락

뒤로 돌려
현장에서 나올 때의
영상입니다.

영상은
여기까지입니다.

버… 벌써…?!

엘리베이터를 타고
나갔을 때가 11시 24분.

그리고 현장에서 나온 뒤
다시 탔을 때가 11시 38분…

들어갔다 나오는 데
걸린 시간은 총 14분.

파
악

니 말이 맞아…
맞는데…

이것마저
인정해버리면…

형석이가 살인범이라고
인정하는 거나 마찬가지야.

사… 살인을 인정하다니
그게 무슨 말이에요?

무슨 말이냐니,
저 검사가 입증한 걸
생각 좀 해봐.

박성진 건은 일단 둘째치고.

지문이 묻은 흉기,
피 묻은 코트를 이용해

범인에 꼭 들어맞는 사람이
형석이라는 것을
완벽히 증명했어.

젠장!!
체포할 때 마약 먹고
환각 상태였다잖아.

거기다가 초동수사를 한
형사 증언은 또 어떻고?!

특히 마리화나는 안정 효과 때문에
살인에 도움을 줄 만한 마약류가 아닌데…
저 인간이 그걸 모를 인간이야?

개량종이었다고 덧붙인 걸 보니
아마 성분 상으로 딴지를 걸 수 없게
자료를 맞춰둔 게 분명해…

특이하네요?
그래서 매 끼니 '직접' 건강 조미료를 넣고
만든 음식을 먹은 겁니까?

… 네.

사건 당일도
포함해서요.

…네… 네.

먼저 그런 답변을 받아냄으로써
우리 쪽에서 억지로 먹였다고 하는
반박을 사전에 차단했었고,

결정적으로 성진이 어머니의 증언에선
살해 장면 그 자체를 목격…!!

그러고 나서 바로 체포된 거면
반박의 여지고 나발이고,
그냥 죽였다고 시인하는 꼴이란 말이야.

젠장!!
저런 소리를 계속 듣고 있다 보니
지금은 나조차 의구심이 들 정도야…

서… 선배…!!
형석이 앞에서 무슨 말씀이세요…
변호사는 의뢰인을…

그래… 나도 알아!
안다고!!

근데 이 녀석이 먼저
거짓말을 했잖아?!

그렇게 다 말해달라 했었는데
피 묻은 코트를 입고 있었다는 얘기는
한마디 언급조차 없었어.

거기다 마약 먹은 것을 숨기려
뒷통수를 맞고 기절했다고
거짓말까지 했잖아?!

막상 재판 시작되니까
이게 뭐냐고.

들지도 못한 사실
계속 나오는데

이 정도 의구심
드는 게 내 잘못이야?!

어차피
저 증언을 깨지 못하면,
다 끝장이니깐.

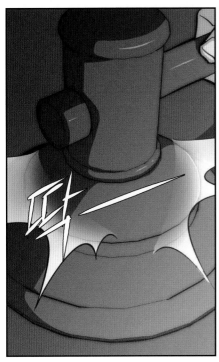

딱

달카닥

변호인, 그만 속닥거리고
정숙하세요!

99

증인 최경아의 증언은
피고인의 살해 순간을
직접적으로 목격한 결정적 증언입니다.

제출된 CCTV 영상은
특별한 점 없이 증언과 일치하며

이외에도 검찰 측에서는
완벽히 피고인의 범행을
입증하였습니다.

따라서 본 재판장은
더 이상 심리를 진행할
필요성을 느끼지 못하는바,

재판은 여기서
마무리하도록 하겠습니다.

FILE.16

자… 잠시만 기다려주십시오!!
아직 검찰 측 증인에 대한
반대신문이 남아 있습니다.

그래서 말하잖아요… 변호인…
더 이상 심리를 진행할 필요성을
느끼지 못한다고…

형사소송법
제161조의 2에 1항!

증인은
신청한 검사 신문이 있은 후
변호인이 신문한다고
명시되어 있습니다.

필요성이 있는지는
해봐야 압니다.

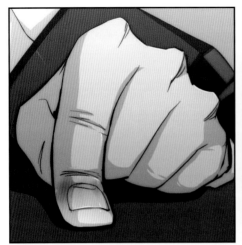
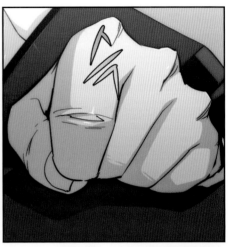

…

좋아.
좋다 이거야…
대신…

변호인에게
CCTV에 대한 발언 외엔
허용하지 않겠다.

이 CCTV에서
이상한 점이
나오지 않는다면

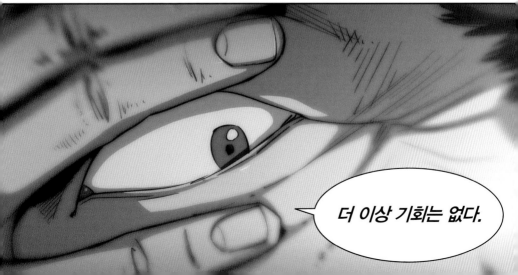

더 이상 기회는 없다.

아… 알겠습니다!
그전에 한 번만 더…
CCTV 재생을 요청합니다.

선배!!

CCTV 상으론
아무런 문제가
없었잖아요?!

우리가 가진 증거가
하나도 없다는 건
알고 있지?

그러니까…
찾아내야 돼…

뭐든.

2014-02-21 23:23

징

그럼 CCTV를
다시 재생하겠습니다.

지잉

징

지

2014-02-21 23:24

지
잉

지

징

징

2014-02-21 23:38

지잉

징

CCTV는 여기까지입니다.

버… 벌써…?

2014-02-21 23:38

지잉

징

저건…?!

지잉 ?!

… 저게 뭐지?

왜? 언제부터?
뭐가 묻은 거지?

...

아…!!

서… 설마?

변호인!

이상한 점이 있다면서요?
알고 말한 거 아니었어?

알고말고요.

지금 당장 말씀드릴 테니
다시 한 번 영상을
틀어주시겠습니까?

증인 최경아 씨는 현장에서
바로 도망쳤다고 했지만

사실은
그렇지 않았습니다.

그걸 말해주는 게

2014-02-21 23:38

영상의 이 부분입니다!

척

꿈틀

잘각

척

이게 어디가
이상하다는 거야?

갸
웃

나는 잘
모르겠는데…?

설명 드리기 전에
먼저 증인에게
하나만 묻겠습니다.

무벅

푸벅

최경아 씨!
저 정지 화면 보이시죠?

휙

보면서 한 가지만
질문 드리겠습니다.

2014-02-21 23:

증인이 엘리베이터에
들어가는 저 순간에

깜짝

왜 피가
묻어 있었던
겁니까?

?!

더듬

더듬

저… 저건
시… 신발 벗을 때
조금 묻었던 것 같아요.

너무 놀라서 무릎에 피가
묻은지도 몰랐어…

아하?!
그러니까…

저기
무릎에 묻은 게
피가 맞다는
얘기군요?

잠시만
기다려주십시오.

증인은 범인으로부터
위협을 느껴 황급히 현장을
이탈했습니다.

때문에 도망치는 중간에
넘어지면서 무릎이 까졌을
가능성이 큽니다

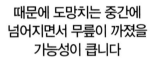

그럴 리가 없습니다!

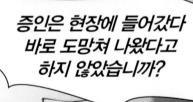

증인은 현장에 들어갔다
바로 도망쳐 나왔다고
하지 않았습니까?

잠깐 사이에 저렇게
흠뻑 젖을 정도 양이면
제대로 걷기조차 힘들 것
입니다!

하지만
CCTV 영상을 보면

다리에 불편함이 있는 사람이라곤
생각조차 할 수 없을 정도로
멀쩡해 보였습니다!!

절뚝

절뚝

현장 이곳저곳에는
피가 튀어 있었습니다!

피가 좀 묻었더라도 크게
이상할 것은 없습니다!!

아니요!
충분히 이상합니다!

현장 곳곳에 피가 튄 것은
사실이나 저 정도 양의
피가 묻으려면

증인은 사체의
피가 고인

거실 부근까지
들어왔다는 말이 됩니다!

121

실제로 증인이
현장에 들어갔을 때

피고인이 칼로
사람을 찌르고 있었던 게 아니라

정신을 차릴 수 없어
움직이지 않고 있었다는
말이 됩니다.

또한 피고인이 입고 있던
피 묻은 코트…

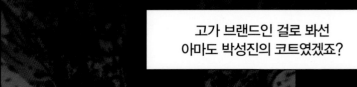

고가 브랜드인 걸로 봐선
아마도 박성진의 코트였겠죠?

증인은 어둠 속에서
정신을 잃고 있는 인물이
자신의 아들이라 착각한 겁니다.

그렇다면 결과적으로…

FILE.17

_엘리베이터 CCTV 영상
**살인사건 당일을 포함한 6일간
아파트 엘리베이터를 이용한 사람들의 영상 기록**

제 말이 틀렸다면

뭐라도 지금 당장!
생각 말고, 꾸며내지 말고!!
반박해보시죠?!

재판장님!! 증인이 대답하지 못하는 걸로 보아

위증을 했음이 분명합니다!!

증인석

빙긋

이에 위증죄로…

이해가 안 가시나 본데…

당신이 목격한 게
살해 장면이 아니라면

저어~기
피고인 말고

다른 놈이 죽이고
튀었을 수도 있단 말입니다.

이의 있습니다!

다시 한 번 말씀드리지만 사건 현장은 밀실!!

목격 이전에 다른 사람은 들어갈 수 없었으므로 범인은 피고인 외엔 있을 수 없습니다!!

하? 하? 밀실? 밀실?

푸핫

아니죠, 검사님! 만약 증인이 살해 순간을 목격한 게 아니라면

언제부터 밀실이었는진 알 수가 없는 거죠.

뚜벅

뚜벅

그 이후 피고인이
현장으로 돌아와 살인 현장을
목격하게 되죠.

돈이 목적이었던 피고인은
돈 가방이 그대로 있는 걸 확인하고는
경찰에 신고하지 않았고,

이때부터 사건 현장은
밀실이 됩니다.

살인범이 다시 침입할 것을
두려워해 문을 잠그게 되어

여기서 검찰 측에서 주장한
마리화나 말인데요…

마리화나가 공격적 성향이 아닌
안정 작용을 하는 것은
검사님이 더 잘 알고 계실 겁니다.

꿀꺽

그렇게 본다면 피고인은 사실
살인을 저지르기 위해
마약을 먹은 게 아니라

놀란 마음을 진정시키기 위해
마약을 먹은 셈…

무슨!!

큭…

피고인은 설강민 살해가
끝나고 나서야 비로소

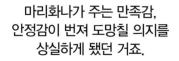

마리화나가 주는 만족감,
안정감이 번져 도망칠 의지를
상실하게 됐던 거죠.

만약 변호인 설명대로라면
피 묻은 코트나 흉기는
전혀 말이 되질 않습니다!

아하~ 필로폰?
그걸 숨기고 계셨었구나?

어쩐지 마리화나에 대해
잘 아실 분이
왜 그러나 했습니다~

그런데 그러면
오히려 설명하기는
더 쉬워지네요~

137

좀 전에 했던 설명을
이어서 말씀드리자면

놀랍고 두려운 마음을
진정시키기 위해 피고인은
대량의 마약을 복용했고,

검찰 측 주장대로
흥분 상태와 환각 상태에
빠집니다.

이때까지
피고인이 입고 있던 코트엔
피가 묻어 있지 않았었지만

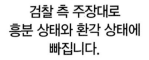

폭력적인 상태로
변해버린 피고인이
진범이 놓고 간 흉기를 줍게 되고,

이미 죽은
설강민 위에 올라타
난도질하게 되면서

코트에 피가 묻게 되죠.

왜요?

탁
탁

안 될 것
없잖습니까?

환각 상탠데?

어림없는 소리!!

그 이권 다툼을 했다는 공범이
누군지도 모르잖습니까?!

제3자,
제3자 하면서도
어느 하나 입증
못하면서!!

계속 그렇게
아무렇게나 말하면
끝나는 줄 아십니까?!

아아~

그것도 이제
알 것 같습니다.

?!

이 진범의 이름은!

홍성민입니다!!

… 에에?

홍성민은 MFooD 팀장으로
회사에서 공금을 횡령한 뒤,

사건 1주 전부터
행방이 묘연한 상태였습니다.

덧붙이자면 설강민이
출소한 게 2주 전.
시기가 딱딱 들어맞죠?

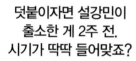

피고인 신문 때 들었듯,
설강민은 자기소개를
홍성민이라고 속였었습니다.

피고인의 소지품에서도
이 사람 명함이 나왔을 테니
관계가 없다고 보긴 힘들며,

뚜벅   뚜벅

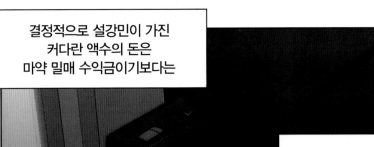

결정적으로 설강민이 가진
커다란 액수의 돈은
마약 밀매 수익금이기보다는

공금횡령으로 얻은
막대한 금액의 일부일
가능성이 높습니다!

따라서 본 법정은 이 인물과
이러한 가능성들에 대해

조금 더 조사할 필요가
있다고 생각됩니다!

이상입니다!

선배!
선배!

아까부터 계속 무슨 말씀을 하시는 거예요?

형석 군이 시체를 찔렀다고 하질 않나!

거기다 홍성민이 진범이라니?!

홍성민이 이 사건과 전혀 관계없는 건 이미 알고 계시잖아요?!

그걸 저쪽에선 모르잖아.

!!

당장이라도 유죄판결로
재판 끝낼 기세인데 뭐 어때.

사실 관계가 맞고 어쩌고
그런 걸 따질 때가 아니야.

지금은 재판장에게 의문점을 심어
재판을 연기시키는 게 최우선이야.

비비적

찰칵

아마도 이걸로
재판은 연기될…

잠시만
기다려주십시오!

군이 그런
쓸데없는 인물 조사하는 데
시간 허비할 필요
없을 것 같습니다.

변호인이 제시한 의문은
언제부터 밀실이었는가?

문을 잠글 수 있는 기준이
이성적 판단이 가능한
마약 복용 전이라 했을 때.

결국, 피고인이 마약을 먹은 게
살인이 일어나기 전인가? 후인가?
하는 문제가 됩니다.

검찰 측에는 이를 입증할
증거가 있습니다.

뭐… 뭐라고?!

뚜벅

뚜벅

심형석의 휴대전화를
증거로 제출하겠습니다.

여기엔 사건 당일 찍은
사진이 한 장 있더군요.

사진?!
무슨 사진?!

그… 그게
전… 기억이 잘…

변호인의 주장은 살인 이후
피고인이 밖에서 들어왔고,

마약은 살인 이후에
복용한 거라 했었죠?

하지만 현실은
전혀 다릅니다.

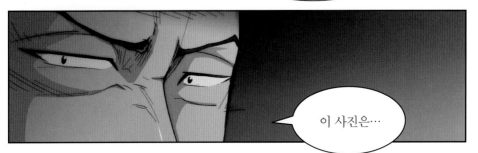

이 사진은…

한낱 변호인의
망상일 뿐이라는 얘깁니다!!

FILE.18

_설강민의 부검 기록

**사망 추정 시각은 10시에서 12시 사이
상처에 많은 자상, 뒤쪽 허리에 전류흔이 있으며
사인은 심장벽 관통에 의한 즉사**

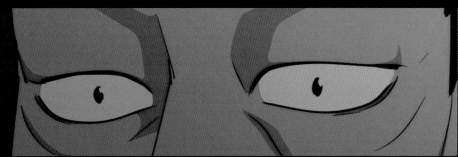

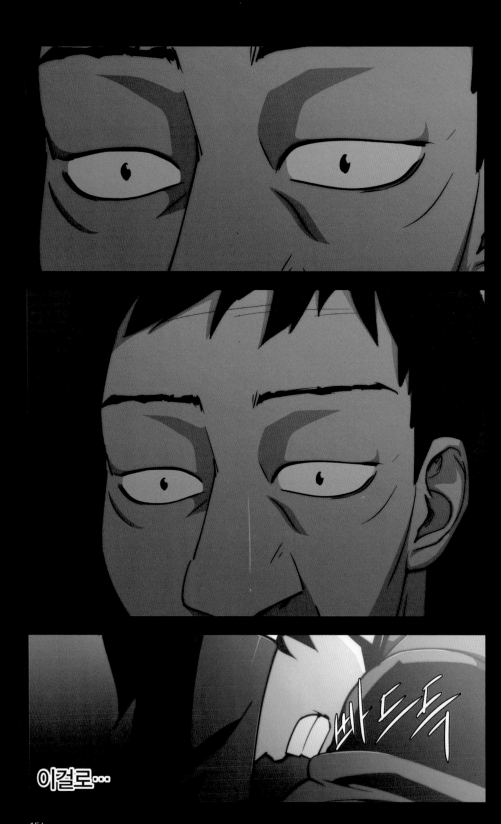

확실해졌다…

아니라고

아무리 부정해봐도

살인을 할 수 있었던 사람은

단 한 명.

검찰 측 입증이 맞았다.

형석이는 저녁식사 때 마약을 먹었고,

그때부터 문은

잠겨 있었다.

처음 잠긴 문을 열고 들어가

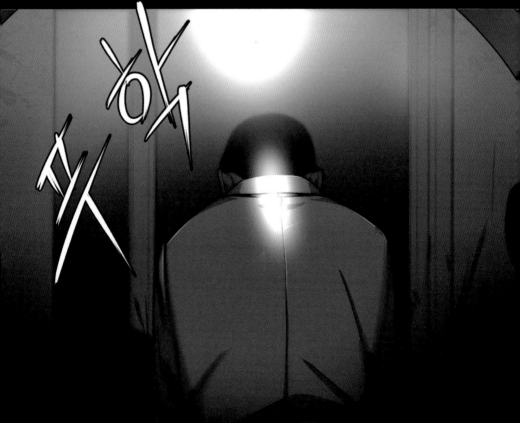

설강민을 살해하는 장면을 목격했다는

최경아의 증언이

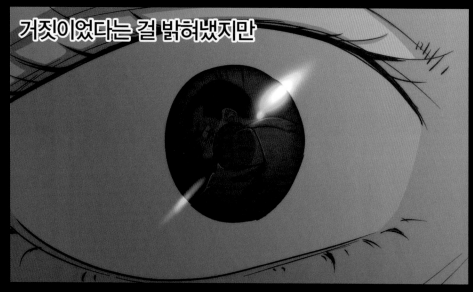

거짓이었다는 걸 밝혀냈지만

그래도

달라진 건 없다.

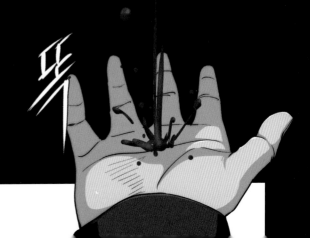

다 끝났다.

난 할 만큼 했어.

씨바…

혜연!

네… 네?!

3분 정도만
시간 좀 벌어줘.

난… 그동안
저 사진에 문제가 있는지
확인 좀 하고 있을게.

뭐라도… 의문점을
제시할 수 있다면…

이대로 재판이
끝나진 않을 거야.

이제 정말
마지막이야.

재판 아직 안 끝났어.

FILE.19

_박성진의 부검 기록

토막 난 채로 냉동실에 보관되었음. 사망 시각과
사인을 알 수 없었으며 DNA로 신원 확인.
사체의 머리와 손이 사라져 있었다.

변호 측, 이의 없냐고 묻잖습니까?!

이… 있습니다!!

그러니까…

후우…

이게…

마지막 기회다…

9시 21분, 형석이는 이미
마약에 취해 있었다.

쨰깍

쨰깍

아마도 대량의 마약을 넣은
저녁을 먹어서겠지…?

검찰 측이
제출한 사진…

셀카를 찍은 장소는
아마도… 저쯤.

두리번

설강민을 끌어당기며
같이 사진 찍자고 하는 것 같은데

설강민은 귀찮다는 듯
팔을 빼려 하고 있어.

뚜벅

뚜벅

형석이가 셀카를 이렇게 찍는다는 것은
목적을 가진 이성적 행위로 보기는 어렵지만
감정에 따른 행동 정도는 가능했다는 것.

왝

이런 상태에서 밖으로
나갈 순 없을 테고,

설사 나가려 하더라도
설강민이 막았겠지.
아니면 다시 감금해놨을지도…

문을 열어놓을 만한
상황이 아니었으니

이전부터 현장은
쭉 밀실이었다고 한다면…

형석이는 체포될 때까지
집 안에만 있었다는 게 된다.

175

결국…

제길…!!

사진 한 장으로
내가 제기한 가능성을
철저하게 반박한 셈.

정말 이대로
끝나는 건가…?

여기에…

이 사진 자체에…
뭔가 문제는 없는 걸까…?

뭔가…

뭔가…

쿡…!!

틀렸어… 이 사진은
완벽한 카운터다…

결국… 엉?

…?

…

코트 색깔이랑
비슷해서 몰랐는데…

저기 사이에 있는
저건… 뭐지?

벽지?
아니야, 달라.

사
악

그렇다고
아래쪽
수납장도 아냐.

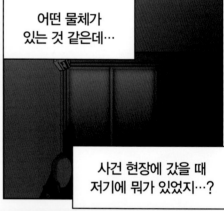

어떤 물체가
있는 것 같은데…

사건 현장에 갔을 때
저기에 뭐가 있었지…?

액자…?
십자가상…?

또 다른 게 더 있었나?!
저게 전부였던 것 같은데…?

그래…
저기 저렇게 보일 만한
뭔가는 없었다…!

근데…
이게 중요한 건가?

사건하곤 뭐라도
관계가 있는 걸까…?

아니지… 만약
저 시점 이후로 없어진
거라면…

그렇다면 왜, 무슨 이유로,
어째서 없어진 거지?

경찰에서 가져간 건가?
무슨 의미가 있는…

어떤 연유에서든.
무조건 관계있어.

아앗!!

가능한가…?
이게 말이 되나?

아니!! 충분히
가능성 있어!

저 여자에게
확인해보자!

중요한 건 어떻게 그 이야기를
이끌어내는가…인데…

그… 그럼…
그게…

잠시만
기다려주십시오.

현장은 증인이 문을 열고 들어갔을 때부터
더 이상 밀실이 아니게 됩니다.

만약 그때까지
현장에 범인이 있었더라면

진범은 증인이 신고하러 간 사이
현장에서 도망칠 수 있습니다.

이의 있습니다!

만약 살인범이
따로 있었다면

깊숙이까지 들어온 증인을
살려 보내는 게 말이나 됩니까?

아니요!

오히려 피고인에게
살인 누명을 씌울 수 있는
좋은 기회였을 겁니다.

진범은 그상황에서
도망가기만 해도 혐의를 벗을 수
있었을 테니까요.

증인! 처음 들어섰을 때 현장이
어질러져 있지 않았나요?

진범이 돈 가방을 찾는 과정에서
집안 구석구석을 헤집어놓고,

뭔가 깨트리거나
부쉈을 거라 생각되는데…

척

참 나!

아뇨! 전혀요!

그 끔찍한 현장 외엔
모두 반듯하게
제자리에 있었거든요?!

착각하신 것 아닙니까?
아까 전에도 엄청난 사실을
착각했었죠?!

김구영 반장이 도착했을 때
전해 들은 상황도 동일합니다!

살인이 벌어진 곳 외엔
모두 말끔한 상태였으며,

깨지거나 부서진 것은
아무것도 없었습니다.

재판장님! 변호인은
계속해서 억지 주장으로
시간을 끌고 있습니다!

이 이상
심리를 진행하는 것은
무의미…

도자기…

도자기가 하나
없어지지 않았습니까?

갑자기 그게 무슨
개뼉다구 같은 소리…

멈칫

아…!!

씨익

도자기라니?
그게 무슨 말이죠?

사실 제가
현장 수색 당시

TV 수납장 아래쪽 틈에서
작은 조각을
하나 발견했었는데…

국과수에 확인해본 결과
도자기 성분을 가진
어떤 물체의 파편이더군요.

비교적 먼지가 덜 쌓인 걸로 보아
최근에 깨진 뭔가의 파편 같았습니다.

당시에는 이게 뭔지 몰랐는데…
사진을 자세히 보니

팔 아랫부분에
파편의 재질과 색감이
일치하는 물건이 찍혀 있네요.

가려서 잘 보이지 않습니다만
저 물체는 도자기인 것 같고,

저 시간 이후로
깨진 것으로
추정됩니다.

잠깐. 변호인!
현장엔 깨지거나 부서진 흔적은
없었다고 방금 그랬잖아요?!

바로 그겁니다!

피고인은 약기운 때문에
점점 몸을 가누기
어렵게 되어갔는데

시체

피고인

이때 도자기가 깨졌고!!
현장은 계속해서 밀실!!

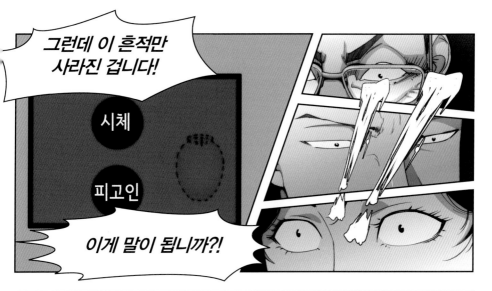

검찰 측에서
가져간 것도 아니라면
답은 간단합니다.

사건 현장은
밀실이 아니었으며!!

시체

피고인

시체

피고인

현장에는!!

깨진 도자기를
가지고 사라진 사람이!!

존재했다는 겁니다!!

법원

FILE.20

_심형석의 휴대폰

9시 21분경 찍은 사진이 저장되어 있다.
박성진과 메시지를 주고받은 내역이 기록.
아르바이트와 관련된 메시지 기록은 없었다.

허…

아무도 들어가고
나간 사람이 없는데

도자기만
사라졌다…?

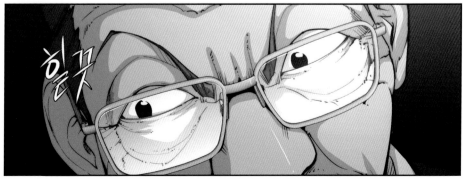

힐끗

깜짝

검사, 이의 있나?

...

알겠습니다.

변호인 말대로,
지금 판결을 내리기엔
아직 의문점이 남은 것 같아요.

으앗! 해냈어요! 해냈다구요!!

예스!

해내긴 뭘 해내. 이제 겨우 한 고비 넘긴 것뿐인데…

그래도 전 이대로 끝나면 어쩌나 하면서 얼마나 조마조마했는데요!

뚜벅

초반부터 무지막지하게 몰아붙이는 통에

지금까지 숨 한 번 제대로 못 쉬었다구요!

그리고 오늘 선배가 밝혀낸 걸 보면 진짜 어두컴컴한 데서 그나마 희망의 빛줄기를 찾은 기분…

나 잠깐 형석이 좀 보고 올게.

두리번

타 닥

아…! 네.

잠시만요!

잠깐만 이야기 좀 할게요.

잠깐이면 됩니다.
잠깐이면 됩니다.

심형석…

나한테 할 말
없어…?

죄… 죄송합니…

왜!! 왜!! 미리 얘기 안 했냐고!!

다행히 오늘은 이렇게 넘어갔지만!!

너 그냥 재판 끝났을 수도 있었어!!

어쩔 수 없잖아요!!

저도… 크흑…

근데…
마약… 얘기만 하면…
한결…같이…!

말…하고
싶었다구요…

그런 눈으로 저를 쳐다보면서!!

제 말을 들으려고
하지도 않는데!!

어떻게 말해요!!

그런데
이 연쇄 살인범 말예요.
좀 이상한 게…

지금까지 찾아온
어느 변호사도 선임하지 않고
모두 거절하고서는…

어제저녁이 되어서야 갑자기
선배를 찾았다고 하더라고요.

이상하지 않아요?!
혹시 그동안 숨겨놓았던
시크릿 가이가 선배를
애타게 찾는 건…

남자 관심 없다니까!!

그리고 날 아는 사람이
재판 코앞에 두고 연락하겠냐?

도대체 그 개별 처우급
수용자라는 게 무슨 말입니까?

이렇게 막 대해도 되는 수용잡니까?
그런 등급은 누가 매기죠?

잠시만 진정하세요, 변호사님.
그러니까 바로 어제 있었던 일 때문에
그런 겁니다.

저 녀석이 어제…

…!!

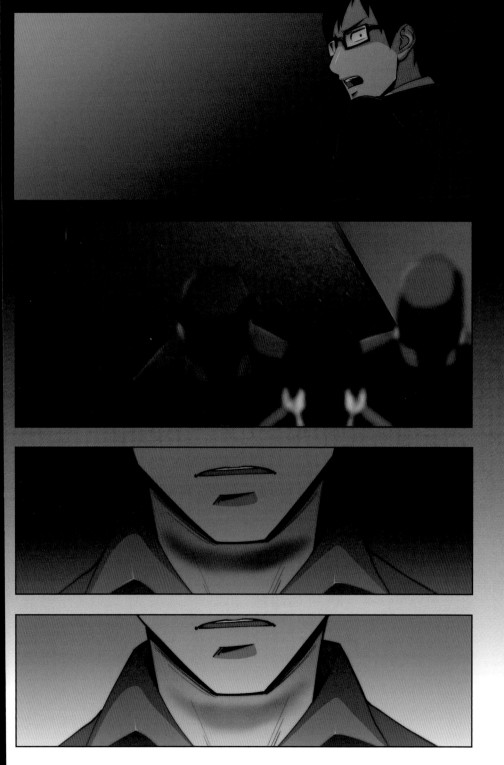

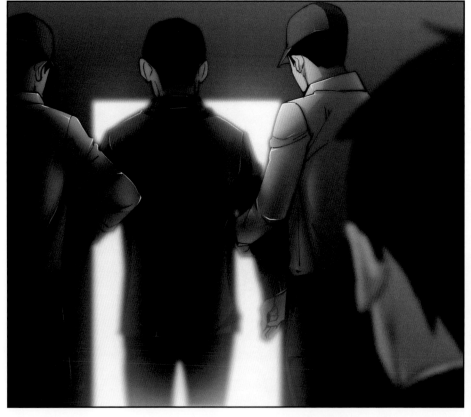

최경아를
다시 만나봐야겠어.

최경아면…
피해자 어머니요?

그래.

왜요?

왜긴?
석연찮지 않냐?

최경아는 현장에서
정신을 잃은 형석이를 봤지만

법정에서는 살해 장면을
목격했다고 증언했었잖아.

그건 착각했다고…

단순 바보냐?
착각일 리가 없지.

너…
진심이냐…?

엑?!
그런 거였어요?!

호ㅇㅇㅇㅇㅇㅇㅇ음.

위증이라…
그럴 필요까지
있던 걸까요?

혹시! 자신의 아들을 죽인
살인자에게 복수하고 싶어서…?!

글쎄.
나도 그럴 가능성이
크다고 보지만…

또 모르지…

검사가 시켰을지도.

재수없는
완벽주의자.

부우웅

에이~ 설마요~

212

이야~ 이거 이거.
어떻게 된 거야~ 정검?

…

한 큐에 보내버린다고
하지 않았나?

… 면목 없습니다.

아니 뭐…
진 것도 아니고, 흐핫!

나한테
미안할 건 없는데.

근데 그거 말야~
문제가 뭔데 그랬어?
살짝 말 좀 해줘봐바~

… 구차하게 변명 않겠습니다.
제가 부족했을 따름입니다.

이거 왜이래애~
섭섭하게스리.

그렇잖아, 정검.

설마 우리가
자네 승리를 의심하고 막 그렇고
그래서 그러는 게 아니잖아?

극악무도한
연쇄살인범의 재판!

시작하자마자 쭉쭉
몰아붙여서 중형 따악~ 때리면!

모냥새, 살잖아? 응?
알지? 내 말?

뚜벅
뚜벅

뚜벅
뚜벅

총장님이 왜 이 사건에
직접 자네를 배정했겠어?

당연히 자네 실력 아니까~
그러신 거 아니겠어?

승소는 기본 전제고,
중요한 건 시기라고 시기.

나무라려고 부르신 건 아닐 테니
자네가 잘 말씀드려봐, 알겠나?

예… 죄송합니다.

그쪽에 앉지.

한참 바쁠 텐데
불러서 미안하군.

아닙니다,
총장님.

말해보게.

… 면목 없습니다.

…

부족한 탓에 1차 공판으로
마무리 짓지는 못했습니다.

하지만…
승기를 잡고 있기 때문에

2차 공판에서는 무조건
끝낼 수 있으리라 생각합니다.

흐음…

수사가
잘못됐었다는
말은 뭔가?

… 그건!

변호인이 시간을 벌기 위해
아무렇게나 지껄인 말입니다.

변호인은 시종일관
어떻게 해서든 살인죄만을
모면하려는 행동을 보였습니다.

또한 제3자가
있었다는 주장 역시

단순히 정황상 드러난
부분으로 억측한 내용에
불과합니다.

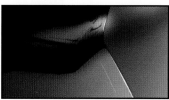

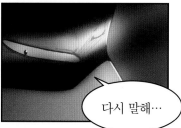

다시 말해…

수사에
착오는 없었다?

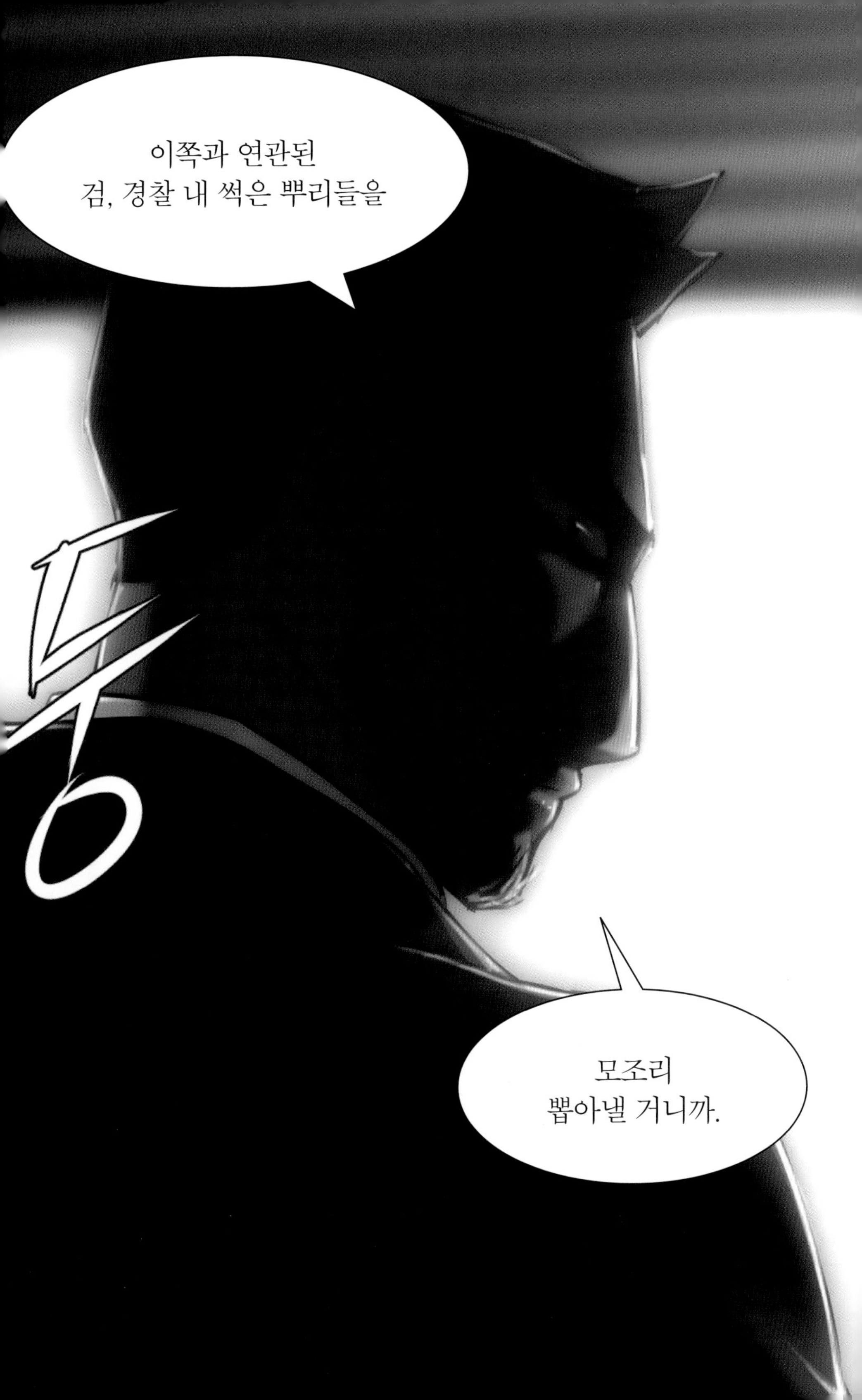
이쪽과 연관된
검, 경찰 내 썩은 뿌리들을
모조리
뽑아낼 거니까.

FILE.21

_아파트 경비의 진술

밤에 깜빡 졸 때는 있지만, 잔 적은 없다.
수상한 사람이 있었는지 없었는지 정확히는 모르겠다.
최경아가 도움을 요청했을 때부터 같이 있었다.
귀가 어두운 편이다.

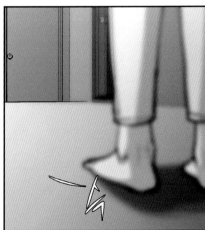

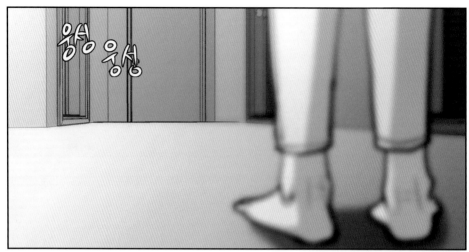

좀 전에 뵀었죠?

접니다, 저.

변호사 강수홉니다.

당장
꺼지지 못해!!

꼴도 보기 싫은 새끼!!
너 같은 쓰레기랑은
할 얘기 없어!!

어머니, 조금만 진정하시고
제 얘기 좀 들어주시겠어요?

탕
탕
탕

잠깐.
진짜.
쪼금만요.

너도 똑같은 놈이야!!
살인자를 변호하는
바퀴벌레 같은 인간!!

빨리 안 사라져?!
경찰 부를 거야!!

잠시만요, 어머니!!

227

오해하시는 게 있는데…!

저는 심형석을
무죄로 만들기 위해
변호를 자처한 게 아니라

유죄로 만들기 위해
변호를 맡은 겁니다!!

그…게 무슨…

904

개똥 같은
소리야…

생각해보세요,
어머니!

제가 왜 이런
돈 안 되고, 비윤리적인
연쇄살인범의
변호를 하겠습니까?

돈 되는 의뢰도
쌓여 있는데 말이죠.

아까 재판에서도
보시지 않았습니까?!

이 사건은 수상한 점이
너무나 많은데도 불구하고

검찰 측은 빨리 재판을
끝내는 데만 주력하고
있는 걸 말입니다!

와… 진짜…
사기꾼…

생각해보니 정말
뭔가 이상하죠?!
그죠?

제가 돈만 아는 나쁜놈이라
살인자 변호를 맡은 게
아니란 겁니다!

피고인 심형석은 죗값을 치르게 만들 겁니다!! 하지만!!

분명!! 단언컨대!! 마땅히 벌 받을 사람들이 더 남아 있을 겁니다!

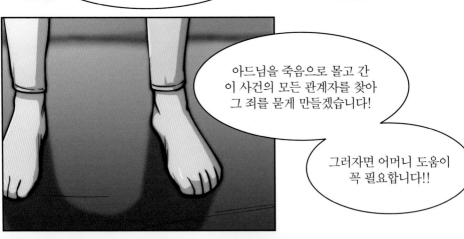

아드님을 죽음으로 몰고 간 이 사건의 모든 관계자를 찾아 그 죄를 묻게 만들겠습니다!

그러자면 어머니 도움이 꼭 필요합니다!!

231

거실로 와요.

많이 심란하실 텐데
귀찮게 해서 죄송합니다.

변호사인 저로서는
최대한 사건이 의혹이 없는 채로
끝나길 바라는 마음뿐입니다.

그러자면 꼭 최경아 씨에게
사건 정황을 들어야 해서
부득이하게 이런 식으로…

겉치레는 필요 없어요.
용건만 빨리 말하고 가세요.

네, 물론이죠.
그렇게 하겠습니다.
최대한 빨리 끝내도록 하죠.

아까 법정에서 제가 한 말은… 맞죠? 도자기가 없어졌다는 거…

그런데 사실 진범이 왜 도자기를 가지고 갔는지 감이 잘 잡히지 않네요.

그 도자기… 뭔가 귀중하거나 중요한 물건인가요?

남편이 이런저런 도자기를 모으는 취미가 있어서

집엔 원래 고가의 도자기가 많았어요.

사업 때문에 지방으로 이사 갈 때 비싼 도자기들은 다 옮겨놓았었는데

도자기 한 개는 가져가지 않고 남겨놨었어요.

아이가 어렸을 때 장난으로 낸 흠집 때문에 상품 가치가 없기도 했고 뭐… 기념으로 놔두자고 해서…

사라진 도자기가
바로 그 도자기예요.

그랬군요…

단도직입적으로
한 가지만 더 묻겠습니다.

왜 위증을 하셨죠?

착각한 게 아니란 건
알고 있습니다.

지금 하시는 말씀이
문제가 되지 않게 할 테니
솔직히 말씀해주셨으면 합니다.

…

사실 아무에게도
말 안 한 사실이
한 가지 있어요.

그날…
도망쳐 니갈 때…

한 사람이
더 있었어요.

FILE.22

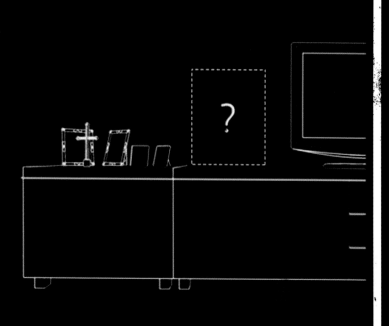

_의문점

TV 수납장 위에 있던 도자기가 깨진 후 사라졌다.
도자기는 9시 21분 이후에 일부분이 깨졌다.
최경아의 최초 목격 시 깨진 흔적은 남아 있지 않았다.
도자기는 금전적 가치가 없다.

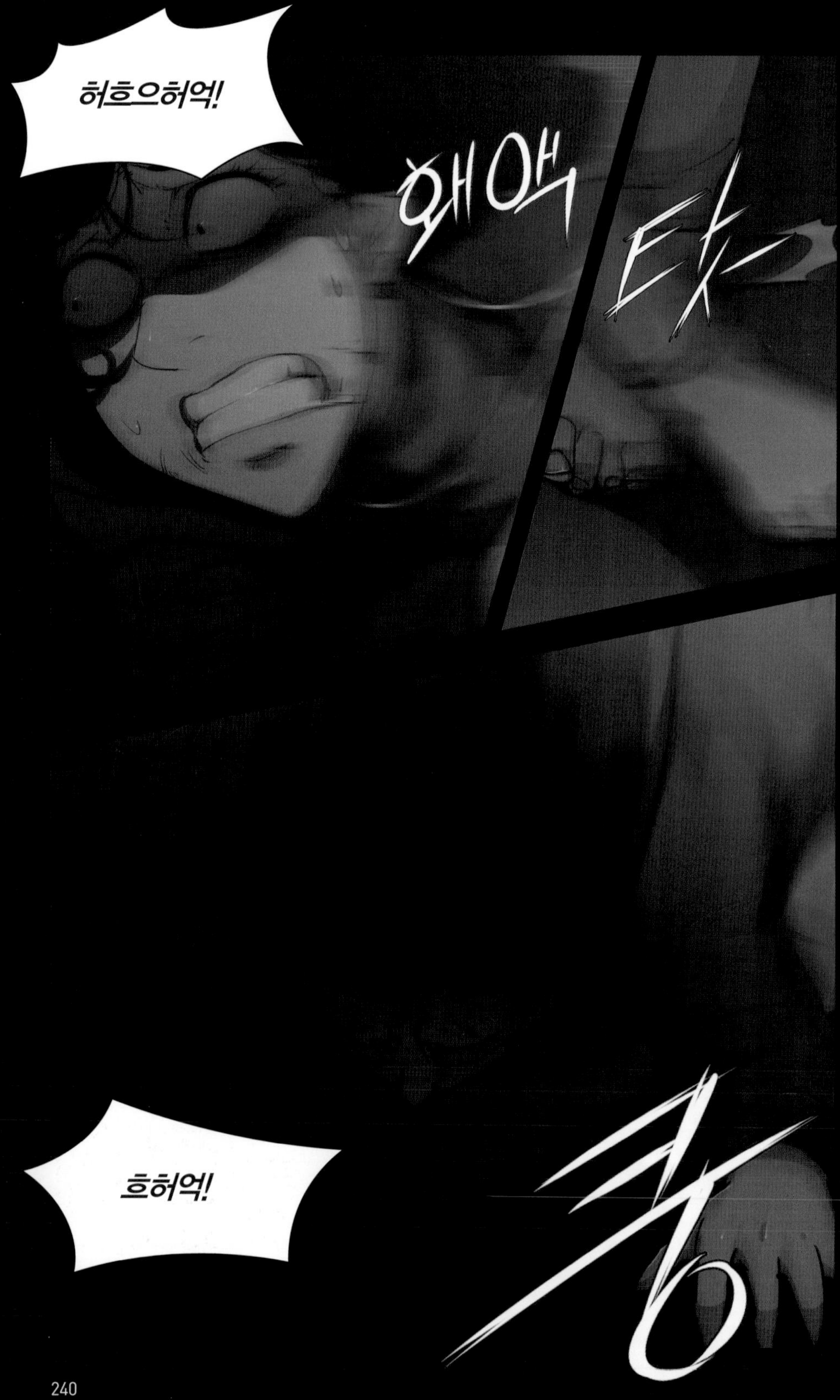
허흐으허억!
왜액
탁
흐허억!
쿵

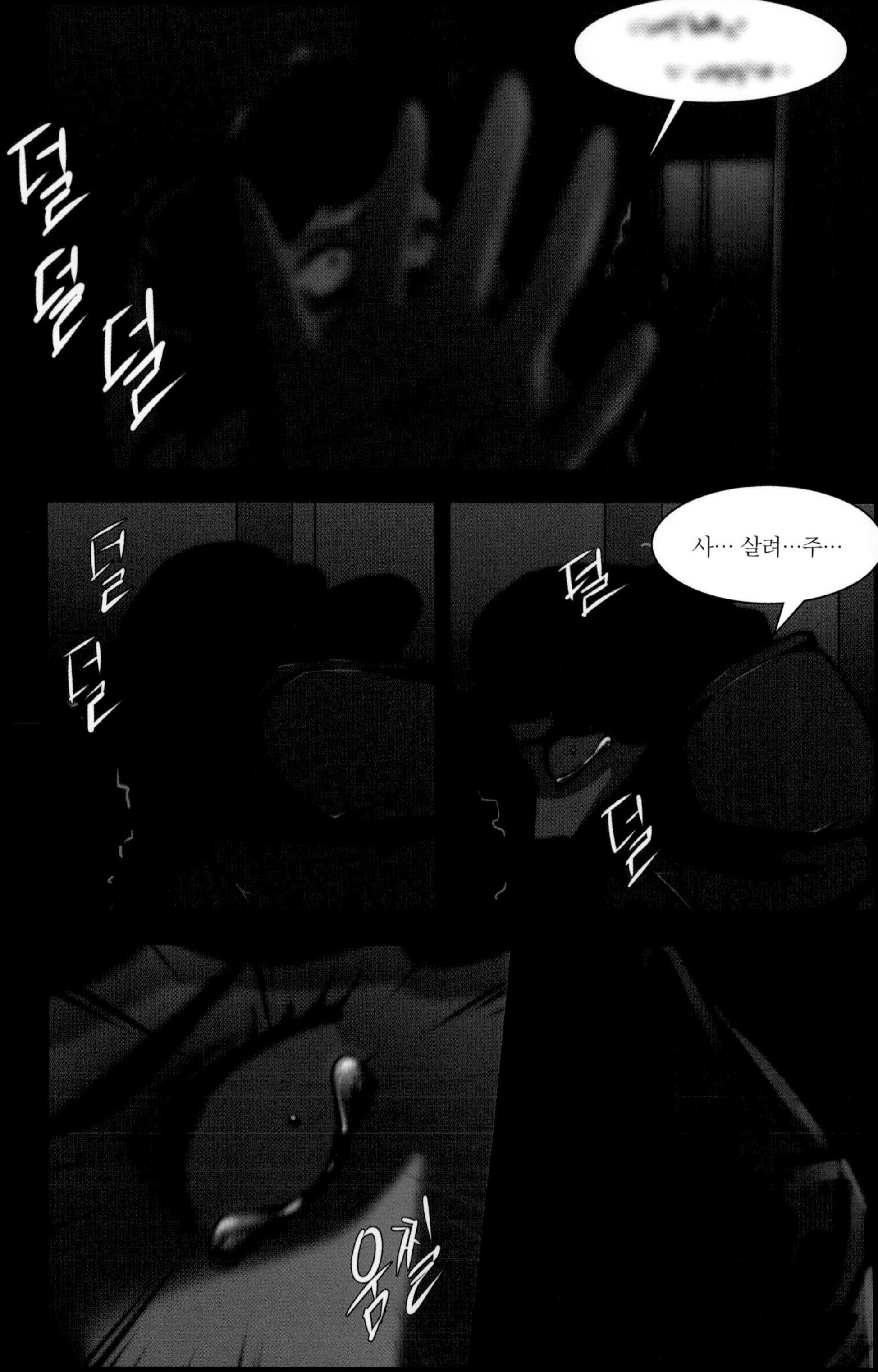
덜덜덜
덜덜
사… 살려…주…
덜덜
움찔

쿵

쿵

쿵

쿵

쿵

누… 누가…
도와…

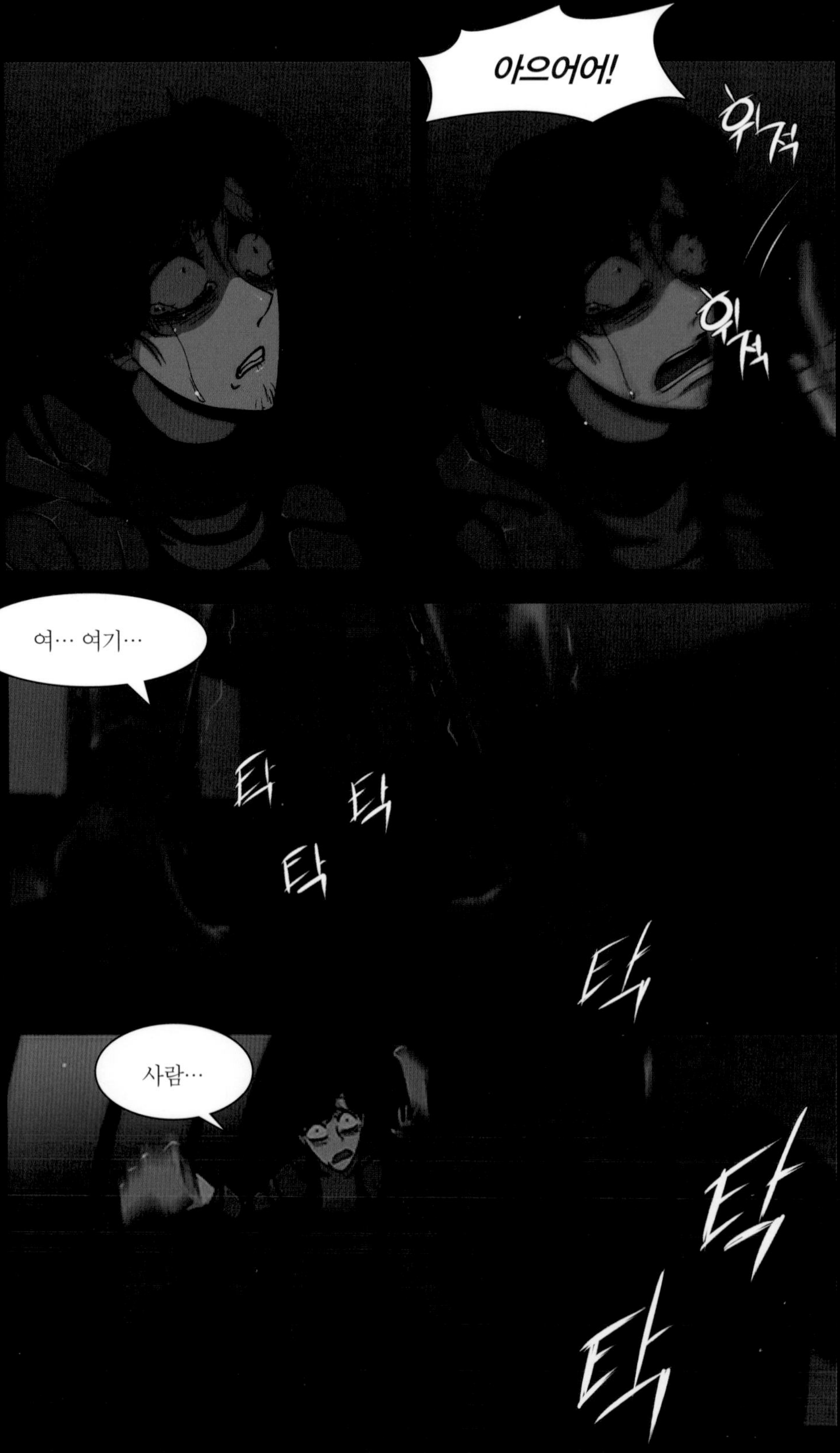
아으어어!
휘적
휘적
여… 여기…
탁
탁
탁
탁
사람…
탁
탁

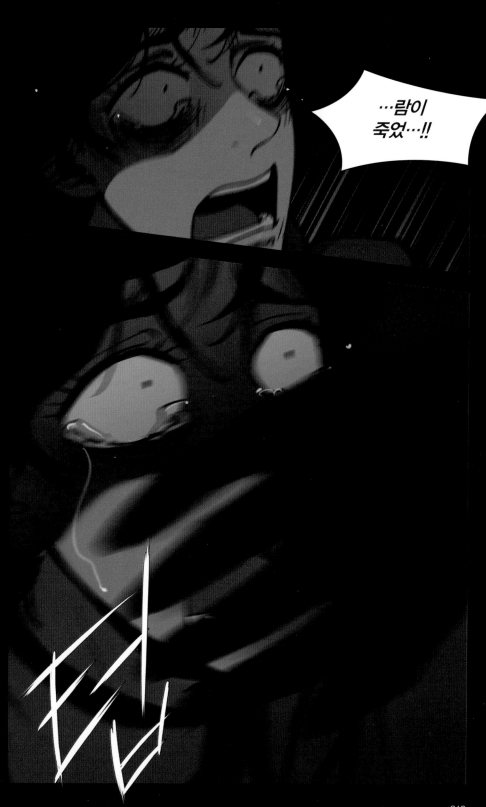

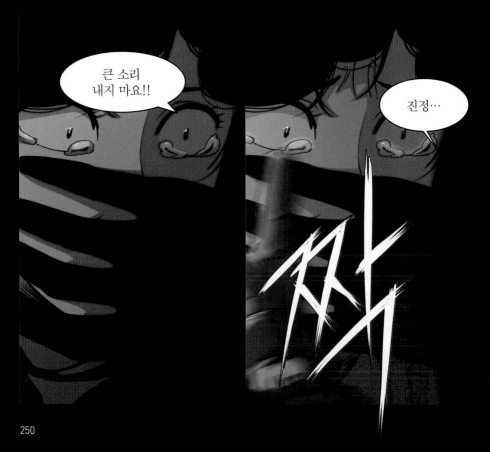

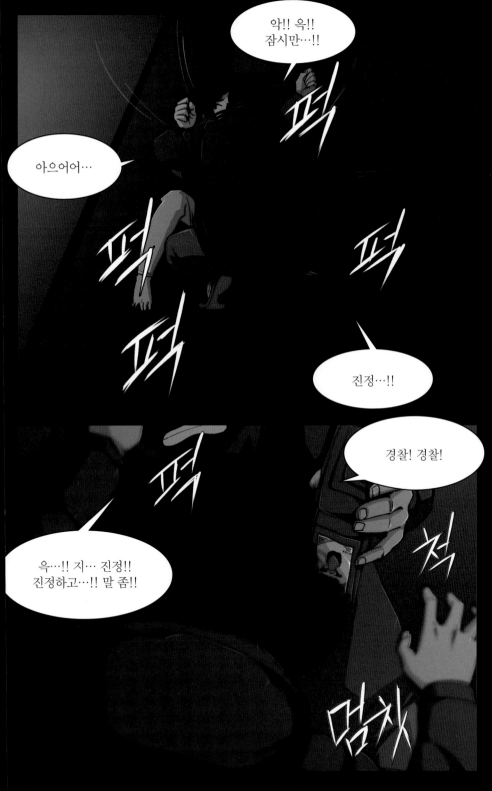

얘기 잘 들어요!!

내려가는 대로
바로 경찰에 신고를 해요.

단!! 저를 봤다는
얘기는 하시면 안 돼요…!

범인과 연관된 사람 중에
부패 경찰이 섞였어요!

끄덕

아무에게나
말했다가는 다 잡은 범인을
놓칠 수 있다는 말이요!

끄덕

알겠어요?!

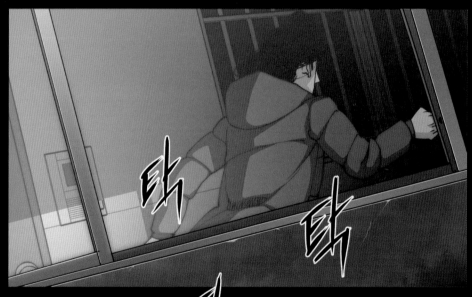

그 길로 달려가
엘리베이터를 탔고

나머지는 법정에서
증언한 내용과 같아요.

그러고 나서
3~4일이 지났을 때

경찰서에서
취조를 마치고 임시 숙소로
가고 있던 중이었어요.

딩딩～♪

뚝

어? 끊어졌…

?

이게
뭐지…?

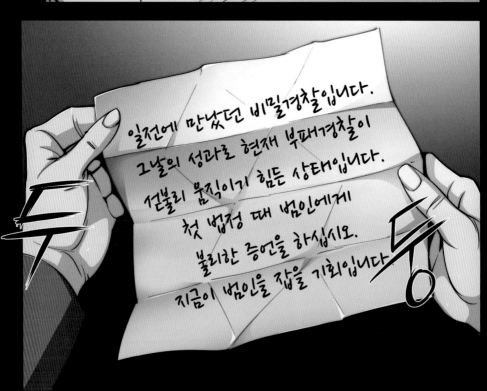

그 아이가 범인인 건
확실했기 때문에

제가 그 말을 안 들을
이유가 없었거든요.

그래서 법정에서
그런 증언을
했던 거예요.

경찰 신분증은 제대로
확인하셨습니까?

가짜는 아닌 것
같았어요…

혹시, 누군지
기억나십니까?

찰떡 찰떡

화… 확인은 했는데…
워낙 정신이 없을 때여서…

이름이라든가
소속이라든가?

그러고 보니…

경찰 신분증을
보여줄 때 기억에
남는 게 있었는데…

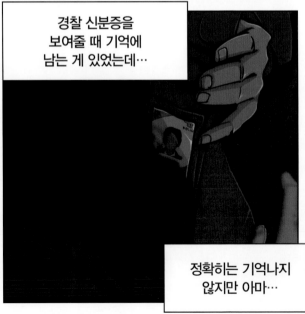

정확히는 기억나지
않지만 아마…

이름이 조금 …

독특했었던 것
같아요…

꾸벅

텅

이건 상상도
못한 수확인데요?!

뚜벅

사건 맡은 내내
물음표투성이였는데

진짜로 현장에 제3자가
있었던 거잖아요?!

또각

이제야
속이 확 풀리는 느낌?!

또각

또각

세상에!
그 사람이 범인인 거
맞죠?!

경찰 신분을 이용해서
용의선상에서 제외됐으니…
완전 소오름!

이제 점점
형석이가 무죄라는
희망이 보이는데요?!

또각

뚜벅

글쎄…
이것만으로는…

뚜벅

뚜벅

그 경찰을 범인으로
보긴 힘든 것 같아.

또각

응?
왜요오!

누가 봐도 지금
제일 수상한 사람은
그 경찰 아니에요?

뚜벅

뚜벅

시기.

네?

꾸욱

시기가 맞질 않아.

내가 가진
파편으로 봤을 때…

사건 당일에 도자기가
깨진 건 확실해.

문제는 그게
언제 깨졌냐 하는 건데…

참 나!

법정에서 최경아가
증언한 걸 떠올려봐.

아뇨! 전혀요!

처음 현장에 들어갔을 때
최경아는 깨진 도자기 같은 건
보지 못했다고 증언했어.

그 끔찍한 현장 외엔
모두 반듯하게
제자리에 있었거든요?!

그렇다면 그땐 이미
깨진 파편과 도자기가
치워진 이후였을 가능성이 높아.

때문에 최경아와 경찰이 만났을 땐 이미 도자기가 사라진 뒤였을 테니

경찰이 도자기를 가지고 나온다는 건 성립하지 않게 되지.

그런데 우리는 재판에서 도자기를 가져간 사람이 진범이라고 주장했었으니…

뚜벅

또각

당연히 이 사람을 진범으로 몰기엔 무리가 있다는 뜻이 되지.

음…

꾹

군이 패닉 상태였던 최경아 씨 증언에 연연할 필요가 있을까요?

최경아 씨는 현장이
'어질러져 있지 않다'고 했지,
도자기가 없었다곤 안 했잖아요?

그러면 그때까지도
현장엔 도자기가 있었고,

뒤늦게 들어간 경찰이
가지고 나가다가

와장창 부서진 게 아니라
정말 쪼끔 부서진 거라면

와장창

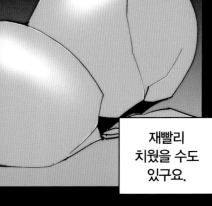

실수로 깨먹었을 수도
있지 않나요?

재빨리
치웠을 수도
있구요.

쪼끔 부서져서
금방 치웠다…?

니가 지금
무슨 말을 하고 있는지는
알고 말하는 거야?

맞고 틀리고를
따지는 게
아니라

네? 왜요오?
충분히 가능성은
있잖아요~

지금 네가 말하는 건
도자기는 경찰이
가져갔고

살인은 형석이가
했다는 말이잖아.

…

그… 그러네요…

경찰이 범인이라고
하려다 보니…

정작
중요한 걸 놓치고
있었네요…

그…러면 어떡하죠?
그 사람을 찾아도
아무 의미 없는 게 되려나요?

도리

도리

아, 그건
절대 아니지.

아마도 지금 그의 존재를 아는 건
최경아와 우리밖에 없는 것 같아.

뭐… 결국 정 검사도 알게 되겠지만
그 전에 찾아 먼저 얘기해볼 수 있다면

경우에 따라서
중요 참고인으로도
활용할 수 있을 것 같아.

특히, 부패 경찰이 연루된
사건을 조사 중에 있다?

만약 이게 사실이라면
우리로선 최고의 히든카드를
가지게 되는 셈이지.

척

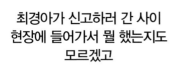

최경아가 신고하러 간 사이
현장에 들어가서 뭘 했는지도
모르겠고

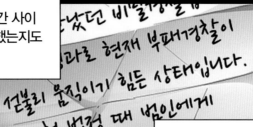

쪽지에 썼다는 내용은
마치 부패 경찰이 형석이를
돕는다는 것처럼 썼는데

이것도
무슨 말인지, 사실인 건지
알 수가 없으니…

아무튼 좋아.
어쨌든 지금 예상할 수 있는 경우의 수는
두 가지밖에 없으니까.

비밀임무 수행 중이라고
한 말이 사실이거나

아니면 뒤가 구린 행동을
숨기기 위해 거짓말 했다거나.

272

애초에 마씨 성을 가진 사람이
그렇게 많진 않잖아?

이 정도면 조금만 추려내도
범위를 굉장히 좁힐 수 있을 거야.

이틀밖에 시간이 없지만…
괜찮아.

찾아내야지.

FILE.23

지금 해야 하는 게

우리 쪽의
히든카드가 될

경찰을 찾는
일인 만큼

검찰 측 눈에
안 띄긴 힘들 거야.

그렇기 때문에 어줍잖게 숨기기보다는

더

당당하게 찾아서

또각

그 사실을 숨겨야 해.

또각

당당하게 찾으면서
은밀하게 숨긴다니…

또각

무슨 말이 그래요~?!

왜?
안 될 것 없잖아?

네가 이 조건을 딱!
만족시킬 수 있는 사람을
알고 있으니까 하는 말이지.

네에?!
제… 제가요~?

저…는… 전…
모르겠는…데?

누굴 말하는 거지?
혹시 사무장님?!

고작 생각한 게
사무장님이냐…

재판 전,
너 MFooD 조사 때
봤던 형사 있잖아?

너를 매~우~
친절히 대하고

279

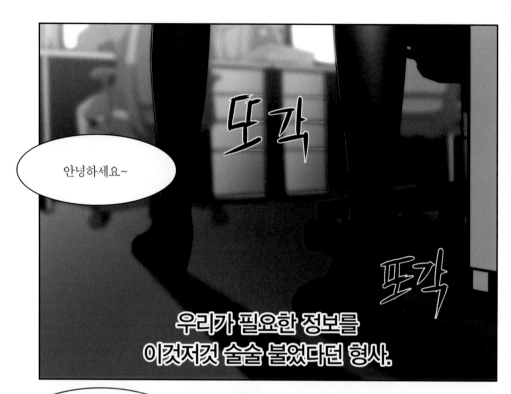

또각

또각

안녕하세요~

우리가 필요한 정보를
이것저것 술술 불었다던 형사.

지난번에
한 번 뵈었었죠?

또각

또각

제원기
팀장님.

현장에서 사라진 것…

비밀 경찰…

부패 경찰이 연루되었다…?

그리고 마약과
남겨진 돈 가방…

이것들의 연관점이
대체 뭘까…

이 살인 사건은

정말 단순한
살인 사건인가…

아니면…

삐빗

여보세요?
선배~

어, 그래.
어떻게 됐어?

안 그래도
팀장이 얘기하더라구요.

어제 재판 끝나고 나서
정명 검사 측에서 수사 파일 좀
넘겨달라 그랬다고.

선배가 재판에서
제3자로 홍성민을
지목하면서

MFooD 공급횡령 사건으로
눈길을 돌리게 만들었던 게
먹혔던 것 같아요~!

그래서 명단은 다 조사했어?

처음에 좀 튕기긴 했는데 결국 이것저것 묻는 대로 술술술술 알려주던데요?

찾다 보니 의외로 마씨 성을 가진 경찰관이 많긴 했는데

지역이랑 부서로 걸러내고 나니 총 12명으로 압축되는 것 같아요.

좋아! 잘했어. 이제부터 순서대로 한 명씩 접촉해보자.

표면상으로 드러나는 이유는 MFooD 공금횡령 건의 조사지만

대화 중간에 최경아와 쪽지에 대한 언급만 살짝 하는 거야. 간단하지?

넵~ 문제없죠!
그럼 6명씩
나눠서 갈까요?

아니. 같이 가.
네가 말을 걸고,
난 옆에 있을게.

왜요?

그럴 거면
나눠서 하는 게
더 빠르지 않아요?

이 사람이 자신을
숨기려 했다는 건

조사할 때도
거짓말을 할 수
있다는 건데
그러기에 넌

아니다…
암튼… 같이 가는 게
나을 것 같아.

뭐요!
제가 뭐요…!

으아아!!

블쓰… 이븐이 므지뮥이느…

므붕필 히웅샤…

확실히 이름으로 따지자면 가장 강력하게 뇌리에 남을 만한 이름이긴 한데…

이거마저 아니면 어떻게 하죠?

…

후우우…

달카닥

달칵

쓸데없는 소리
그만하고
빨리 내리기나 해.

아, 네넵…!!

텅

끼야야야야야야야야
야야야야야야야야악!!

아흐ㅇㅇㅇㅇ…
시부럴…

한 판을
못 깨네.

나 같은 형사헌티
최소한의 단서는
줘야 맞추지.

마지막 가서
걍 찍으라고 하믄…

저… 실례합니다.

마봉필 형사님이시죠?

내 타입은 아닌디?
너무 날카롭게 생겨부렀어~

하, 씨…
짜증 확 밀려오네…
이번이 마지막인데…

선배… 이…런 사람도
계속 조사를 해야 돼요?

혹시
거짓말하는 걸지 모르니깐
좀만 더 물어봐바.

거짓말이라뇨…
저렇게 진심어린 사람은
첨봤는데요…?

음…?

… 뭐야…

자세히 보니까
이거 전부

구의동 연쇄살인 사건
스크랩이잖아…?

엇?!

가… 갑자기
뭐여…?!

아…! 묻잖여?
언놈이 그딴 소리
씨부렸는지?!

그건 왜…? 아니…
그 얘기 언놈한테 들은거?

뭐… 뭐여…
시방? 우… 웃는거?

왜… 왜 웃는거?!
사람이 말하는데…?!

그래…
그런 거였어…

3권에서 계속

내가 안했어요 2

초판 1쇄 인쇄 2017년 5월 24일
초판 1쇄 발행 2017년 6월 7일

지은이 민형 · 김준석
펴낸이 김문식 최민석
디자인 손현주 한은영
편집디자인 투유엔터테인먼트(정연기)

펴낸곳 (주)해피북스투유
출판등록 2016년 12월 12일 제2016-000343호
주 소 서울시 마포구 성지1길 32-36 (합정동)
전 화 02)336-1203
팩 스 02)336-1209

ⓒ 민형 · 김준석, 2017

ISBN 979-11-88200-24-5 (04810)
          979-11-88200-22-1 (세트)